KB091795

# 마네킹의 눈물

김노경 제2시집

시음사
시사랑음악사랑

## 시인의 말

붉은 태양 하늘에 가려
어쩌다 세월의 옷을 입고
가끔은 시간의 그림자에서
벗어나고자 할 때가 있다

별빛 눈물로 얼룩지면
아마도 세상들은
살아내야 하는 이유만으로
나 또한 그렇게 숨을 쉬는 게 아닐까

침묵은 말이 없어
괜스레 서러워지는 때도 있다
소리치는 상처만 살아
자유에서 벗어나려 한다

끝없는 하루들은
새로운 감성 진리처럼
시간이 멈춘 나 같은 영혼을
생명처럼 끄집어내어 적는 중이다

시인 김노경

# 1. 가슴 사랑

## 2. 시린 시간

# 3. 침묵

QR코드 　스마트폰으로 QR 코드를 스캔하면
시낭송을 감상할 수 있습니다

본문
시낭송
감상하기

제목 : 마네킹의 눈물
시낭송 : 박영애

제목 : 하루 운명 또 하루 숙명
시낭송 : 박영애

제목 : 당신이 사는 소리
시낭송 : 박영애

제목 : 길어진 하루
시낭송 : 박영애

제목 : 당신의 이름표
시낭송 : 박영애

제목 : 나를 닮은 천국
시낭송 : 박영애

시인은 자연을 이야기하고 시낭송가는 자연을 품었다
글자는 날개를 달아 언어로 날고 소리는 자연에 눕는다

# 마네킹의 눈물

약속은 건넌방 사랑인가요

마음 깊은 한숨 또 포개지면
이기심은 되살아나고
타인의 현실은 존재감 상실이다 가족 질투심은 사랑이라는
거짓 욕심 포장지로 모든 것을
덮어씌우는 중이다

응어리진 가슴 메시지로
은밀하게 속삭이며 유혹을 꿈꾼다
본심을 유린하는 한잔 술처럼
필요하면 도와주어야 한다나
무지 착각 수렁에서 허우적거린다

내 잘못은 내 잘못이라
말하지 않고 사실적 이성적 합리적인 것뿐이라고
거짓 양심 변명과 씨름하며
오늘을 욕되게 살고 있지만

부끄러운 장사는 말이 없고
정신적 욕망을 굴비처럼 엮어서
가족관계의 구속만 깔깔댄다
거짓의 알몸
인연 관계처럼 핑곗거리 삼아 부끄러운 줄도 몰라요

잘못된 철학적 그림들은
당연한 추억으로 살아남는다
나를 위한 정신적 고립
욕망 적 빈곤한 마음의 결핍
나를 빙자한 무지는
너를 멸망시키는 중이겠지

구속같이 사기 치는 자유
그렇게 주인이 되어 난 노예이다
싫으면 싫고 좋으면 좋은 거지
나 같은 속내 비굴함 이여
고독을 삼키며 내 길을 찾아야 한다

삶을 벗어던진 세상 비린내
진심을 찾으면 과욕은 춤을 춘다
진실의 모순은 버리고
바보 같은 지식 착각으로
보상심리만 갈구하는 현실

고행은 성공의 요인이 아니다
어떤 수행을 하는 것이
왜 해야 하는지 이유도 모르는 아둔한 인간의 착각인
한편의 망상일 뿐

나는 마네킹의 눈물을 연모하는가
침묵의 도를 보지 못하면
윤리에 의한 심리적 착각 속으로 빠져든다
기도 소원으로 자기를 통제하는
보상적 애증은 뒤따라오고

분노는 거짓말을 먹고 살아
변명처럼 잘못된 대물림
오늘도 소리 없이 전수되고 있다
마치 자랑스러운 왕관이나
쓴 것처럼

각인된 허상의 상처들
너는 할 수 있어 너는 하면 된다
욕되게 하는 난장판이 기다린다
잘못된 방향이었을 때 순위가 매겨진다.
구속 같은 현실이 범종을 때린다

착각에 빠져 허둥대는 구중궁궐
무엇을 알아야 할까
새로움을 위한 에너지는 숨겨놓고
계획된 시간을 움켜쥐어야 한다
망상과 허상의
사냥감이 되어서는 안 된다

기억을 되살리는 경험적 습관
어리석음을 우쭐대게 하지 마라!
사랑을 유희처럼 착각하지 마라!
고통과 통증을 구분하는 하루
행복이 주는 고통을 가져라

마음 한구석은 아무런 말이 없지만
굽이치는 빗물 냄새에 젖어
내 마음처럼 하염없이 울어본다
잘난 척하는 가슴들이 원하는 가난한 업장이여

내가 선택한 나를 위한 길이라면
행여 슬프고 힘들어도
아무 일도 없는 것처럼
나를 사랑하는 영혼이라고 생각하자
그렇게 다른 것들도 사랑하면 된다

제목 : 마네킹의 눈물
시낭송 : 박영애
스마트폰으로 QR 코드를 스캔하면
시낭송을 감상할 수 있습니다

# 마지막 진심

길이 하는 사람과 함께
맛있는 마음을 먹었다
시절의 흔적을 흘리면서

많은 사람들이 냉소하듯
질척대는 의심들이 무표정하다
만 겹의 억겁들에게 미안하다

누군가의 미소는
엉망이 곡선처럼 거짓을 훔친다
이것 또한 정해진 진심이 아닐까

나다운 패션으로
너만 모르는 공허함이 차오르는
시절이 매력적이다

차가운 겨울 뒤편
마지막 진심을 추스르고
멀어지는 자유를 꿈꾼다

# 반쪽 얼레

달이 떠오르면
보름달처럼 속절없는 내 마음
설레는 반쪽 얼레 빛살아
너라는 사랑을 내 마음에 채운다

내게 머무르는 수많은 날들처럼
내 이름처럼 함께할 거야
하얀 분칠로 뚝뚝 떨어지는
그리움은 한 번 더 하얗다

사는 동안
미리 챙기는 연심
그리움으로 이 마음 내어주면
햇살 별빛은 꽃잎 향기에 떨어진다

# 평등

사랑에는 문화가 없다
비설거지 하듯이
이쁜 색으로 같이 살아간다

새 신을 신고
하늘을 벗어나
천지를 창조한다

말이 군더더기다
스치는 감정이 교차로에 서 있다
세상 예의상 사는 시늉은 해야지

물맛처럼
불맛처럼
세상을 해독시켜야지

# 사람은 인간

산다는 것을 아는 사람
그 사람이 인간이다
그렇게 한참을 보내는 거다

혼자인 양심으로
서 있는 나무가 귀신처럼
가로 등불 빛처럼 피어난다

투명한 시선
빗줄기를 삼키는 호흡
귀에 머무른 나를 찾는 소리

나에게서 벌어지는 일
현실이 사는 반복이다
나를 찾는 사람은 시간이다

# 눈 감은 목어

침묵 같은 빈자리 눈물
무릎 꿇고 운다
할머니 가슴이 그렇고
엄마의 심장이 그렇다

엉덩이 넘어가는 선처럼
끝물 자락이 넘쳐난다
남의 일 말고
내가 할 수 있는 일만 한다

사람들이 지나친다
시절 나라 세상을 살면서
초승달 꼬리를 흔들며
이젠 인간이 지나가야 한다

날이 밝아 해가 뜬다
나를 찾아
좋은 날을 데리고 온다
막사발 물속 눈뜬 목어 머리를 치민다

# 가난한 부자

꾸겨진 신문 이야기들처럼
마음이 다쳐서
사랑 축제가 아프다

소나기 퍼붓는 날
빗물 눌러 담듯
한숨이 흩어져 내린다

속상해서
하얀 가슴 눈물로 채워도
당신이 전부입니다

가슴을 걸어가면서
마음이 가난할 즈음
오늘 하루를 보낸다

# 봄날을 사랑한 3월

내일은
추위를 감당할 수 없는 겨울이
꽃바람 향기로 떠나가는
이별식이래요
푸른 하늘 친구 파릇한 새 이파리
새봄 여행을 떠나고 있다

아이 적 봄 거리 골목길
사랑 꽃을 그리면
바다 같은 나비는 파도처럼 날아든다
봄을 머리에 이고 자유 이야기를 들려주는 바람이 불어온다

피난처 같은 구속이 떠나려 한다
차갑게 하얀 구속
마음이 힘들어한다
햇빛 같은 이불을 걷어차 내면
아침 소리 진한 커피 향에 취한다

3월이 녹아든다
사랑이 그렇고
삶이 그렇고
나같이 시절에 미친 영혼이 그렇다
눈길이 머물러 떠날 수 없는 여정이 그런가 보다

# 먹물 오색 빛

헌 실에 물들인 시간 옷을 걸치면
변신하는 수백 가지인 당신
커피 향에 버무려
사절을 묶어둔다

나 같은 향기를 쫓아
자유 날개를 불태워 헌향하고
목구멍 짜릿한 상처를
노래한다

사람 같은 시간은 질척대고
웃음은 미소를 팔아
저녁을 건네주고
나를 팔아먹는 중인가보다

내가 모르는 문패를 달아두고
지금현실이
걸친 옷을 벗어내면
알몸 같은 오색 빛에 취한다

# 법륜 걸음마

홀로 서는 풍경소리
심장을 밟고 서 있는 심상이여
보여서 아픈 것인가

대상을 잃어버린 것이라면
영생 같은 죽음일진대
뒤돌아 앞서 걸으면 되지 않을까

법륜 걸음마 세상을 떨치면
쇠나막신 발길이 세상을 떨구고
오늘 하루를 불러내 본다

시간이 고요를 떨친 자리
내일을 찾아내면
내 임 소리 넘쳐나려나

# 춘향 그네

목 늘어난 셔츠 감촉이 더하여
연민 짐짝 무게들은 시절이 익숙한
알몸 산책길을 내어준다

시간이 약속한 사랑
늦여름 햇빛에 말려놓고
저녁 무렵 가슴 길을 나선다

춘향 그네 사랑가 흔들리고
색동저고리 눈물 바람
사랑 밥상 가득하다

서글프게 구성진 낭만
모양새를 잃어버린 고독
독백을 품고 사는 춘향 그네는 뛴다.

# 사랑 죽음

건넌방 시간 탈출 속내
혼자 좋은 것들은
둘이라서 좋은 것을 부러워하지

이야기를 따라 길을 떠나는 연민
가슴 한복판 심장 정원
사연들이 꽃을 피우면 향기는 떨어진다

맨 처음 맺어진 상처
고통 나무 이파리 불태운 냄새는
슬퍼할 시간도 없나 보다

격자 창문에 가린 오래된 탄식
사랑이 죽은 옷매무새로
가슴 뛰는 창호지를 뚫고 나온다.

# 끝이 없는 영생

하나인
마음을 본다

둘처럼
사랑을 하면

셋인 섭리들은
생명의 자유로 산다

나 우리 함께하는 시간
시작처럼 끝은 이어진다

셋으로 묶어 하나로 매듭지는
영생으로 심장은 뛴다.

# 나와 당신

겨울 비린내 화려한 꿈
푸른 바다 주인공처럼
나를 기다리는 일상

모든 신이 함께한 그 자리
세상 모든 꽃이 함께 핀 이 향기
천국의 눈물이 모인 여기

치마 고리 가슴 철렁이듯
당신을 헤아리는 한숨처럼
세상 흉을 본다

고추보다 매운 시집 살인 양
철 바뀌는 대로 아픔이 쫓아온다
장독대 정화수에 담은 눈물은 나와 당신인가 봅니다

# 홑이불

비 맞는 오후
질퍽거리는 죄책감은
책임감으로 눈물을 떨군다

나는 없고
삶만 살아 숨 쉬는 자유
그런 하루가 산다

혼자이지만
나로부터 시작되는 소리
홑이불 따스함이 그럴진대 말이다

# 사랑 광대

나를 닮은 사랑 광대
하얀색 거울을 닮은
겨울처럼 살기로 했다

본 것은 본 곳에 묻어두고
들은 것은 들은 곳에 놓고서
돌아서는 길을 나선다

흩어지는 그리움 조각들이
앞길을 가로막지만
사랑 가면에 눈물을 감춘다

아프게 시린 발자국 하나
떨어지는 기억들
광대가 춤추는 사랑이어라

# 처음 같은 세상

비껴갈 수 없는 골목길에서 만난
시절 친구 세월 같은 삶
그 사람들 속에서 살아가는 오늘
작은 세상은 큰 세상을 삼킨다

한곳을 향한 한숨 같은 시선
한밤중 별들이 쏟아져 내려
내 이름을 불태우고
서먹서먹한 길을 가로막고 서 있다

낯선 시간 그리워하고 보고 싶은 감동들이 머무른 자리
오그라드는 심장을 부수는
한 방울의 피를 닮은 얼굴
고통을 머리에 이고 정을 맡고 있다

처음 같은 세상
기쁨의 징검다리를 건너
고통 같은 독백으로 현실을 달래며
온 세상을 껴안아 본다

# 시간 초침

차오르는 하늘
반나절 하늘을 붙들고 서 있는
둥근달이 졸고 있다
뛰어올라 달빛을 깨워야지

걸어가는 회전목마
하루 커피에 팔린 현실 하루
소리치는 바람들이
시간 초침만 빙빙 돌리고 있다

높고 낮은 햇살
마주하는 설렘
고백하면 사랑이 놀랄까 봐
시간 초침 소리만 깨우고 있다

# 사랑 유혹

시절을 앞세운 추억들이
일그러진 독백 같은 세월과 입맞춤을 한다
가을같이 촉촉한 키스를 밟고서
끈적거리는 사랑 속으로 간다

흔들리는 마음 따라
가슴 불을 지피고
오늘이 없는 시간을 버린다
불타버린 별빛이 늦잠을 설쳐댄다

아침과 바꾼 빈 커피잔
입술에 묻은 진하디진한 향 내음
뛰는 심장을 타고 날개처럼 날아든다
두근거리는 법고 소리만 북채를 찾고 있다

언제라도 시절처럼 자유로 답해야지
너를 기억하는 현실 마당에서 시간을 기다려야지
나 같은 시간이
나처럼 유혹하면 사랑의 구속에서 깨어나야지

# 한낮 비처럼

다시 돌아오는 날만 살지 말자
오늘 하루에서
나는 나에게 질 수 없다.

나비도 쫓고
슬픈 손수건도 흔들어보기도 해
꿈을 좇아 밤잠을 설치는 시간도 있어야지

소리 없이 내리는 한낮 비처럼
잊힌 기억도 생각해 내고
차가운 미소로 답하기도 하면서

사는 것을 기다리긴 싫어
내 마음도 설렌 그리움 속에서
내 모습을 사랑해야지

가을 독백처럼 옷 벗는 감촉 속에서 울어도 될 일이다
푸른 이파리 색동저고리처럼

사랑도 만나고 자유 넘치는 길을 뛰어가기도 하면서
신기루 같은 하룻길을 떠나야지

숲속 바람 옷깃을 여미면
가끔 시간이 다가와 외롭다고 말하기도 하지

# 길 잃은 생명

바람 소리 보이는 소리
잔소리를 닮은 미운 소리
듣는 귀가 있는 것이지
소리가 나중 일 순 없다

가슴이던 슬픈 눈물이던지
현실에 갇힌 자유 구속인 걸
좋고 낮은 것은 분별력일 뿐
천국처럼 지옥도 미소가 산다

시간 속 후회길 추억
현실은 뒤안길에서 멀어져 가면
잃어버린 운명처럼
태어나고 소멸될 뿐

만들어지는 현실
갈 곳 없는 시간
말 같은 입술이 설득력을 버리면
생명 숨소리가 태어나기 시작한다

# 영혼의 여신

세상 눈물을 삼켜 토해낸 시간
찔레꽃 피는 날에
꽃향기 외로운 길을 떠나면
자유 품에 안긴 사랑 한 움큼

생명의 얼굴을 마주한다
이야기 흔적을 밟고 돌아선
가슴 앞바다 어둠은 태양에게 자리를 내준다
하늘을 닮은 시간이 숨 쉬는 한나절

하늘 아래 물길을 가로질러
삶의 고갯길을 오르면
독백 같은 숨소리
보름달에 걸어놓고 뒤돌아서면
영혼의 여신을 만날 수 있으려나

또 한 번 시절이 아쉬워
위아래 사람들이
현실의 흔적을 뒤쫓고 있다
고요한 미소는 여전하기만 한 것을

# 사랑 반 상처 반

그것은 아니지만
이 순간이 지나면 후회할 시간이
남아있기는 한 건지

상처는 걱정하지 말아요
한숨 같은 자존심이 살아있는
세월을 믿는다

세상 변두리 단 하나의 시간
색 바랜 사진처럼
지켜주는 이유 강요할 순 없다

삶과 영혼을 파는
새하얀 골목길에서
천국은 이미 나를 삼키는 중이다

# 꿈꾸는 바람개비

오늘을 마셔대는 커피잔들이
책상 밑 쓰레기통에 줄을 선다
훌쩍이는 가슴 신음
시간 밖으로 외출을 서두르고 있다

심장을 묶어놓은 눈물들이
손가락 반지를 훔쳐 가고
시간의 발자국들은 뒤쫓아가지만
푸른 모래들이 이별 중이다

꿈꾸는 자유는 사랑질이고
하늘은 반쪽인데
세상은 바람개비 날갯짓이다
시간은 서둘러 화장을 지우고 있다

어디선가 나를 만나면
거울 같은 반쪽 하늘을 선물해야지
사랑은 잘 있느냐고 안부도 묻고
돌아오는 날은 잊지 않은 지도 물어보고

# 사랑이 키워낸 미움

비릿한 푸른색 가슴이 멍들어
사랑이 키운 미움들이 파도치듯
갑자기 마주친 커피향은 당황스럽기만 하다

빛바랜 어두움이
시커먼 밤을 질투하기도 해
들리지 않는 소리로 울어대는 한숨처럼

가슴은 조각달에 감추어놓고
수중 궁궐에서 심장은 춤추느라 바쁘고
미움은 사랑놀이에 빠져 미쳐 가는 중이다

지나치는 시간이 노크를 한다
죽었나 살았나 궁금해서
사랑이 키워낸 미움은 여전히 잘 산단다

# 고립

살아가는 미소들이
무엇인지는 알 수 없지만
진실한 나만의 고립을 보았다

너답게 해 나처럼 하면 되지
그냥 하면 되는 거지
지금 시작하면 되는 걸까

불어대는 바람
가슴 벌판 가로질러 비아냥이다
그들만의 자유들이 춤을 춘다

천천히
그들을 위한 것 말고
나를 위한 시간처럼

# 어떤 날 하늘 나들이

익숙한 하루들이
옹기종기 모여앉아
사람들 가격을 매기고 있다
미래를 팔아야 한다나

인생 장사치 운명
사라지는 눈물 같은 시간
떠밀어놓고 모른 척하는 서러움
다시 떠나는 이 숨길

똑같은 하늘 밑
하루도 빼놓지 않고
쪼개지는 시절들의 인연들
어떤 날 하늘 나들이를 나간다

하늘빛에 달그림자를 섞어
흙 내음에 취하면
거꾸로 선 허수아비 호흡 소리
나들이 꼬까옷을 휘날린다.

# 아쉬운 유혹

인생무상을 알고 싶어
그러면서 태어났지
없는 것을 있다고 사기를 치면서
반복되는 거짓말 꾸며대기

아는 척하는 꼬락서니들
시련 고독 약속 같은 슬픔
내가 만들어 놓고 지랄 질이다
그게 무엇인지조차도 모르면서

세 치 혓바닥 위선
틀린 것은 없느냐고
묻는 말이 잘난 척하는 하루다
잘 사는 데 못 산다고 부추긴다

시작도 아닌 아쉬운 유혹
사기 치는 시간의 선물
토해내듯 속이는 삶
그 모습을 아는 게 삶이다

# 속계 번뇌 여행

새파란 하늘 물감이
누워있는 속세에 번뇌를 그린다
크면서도 작아지는 거짓들
멋지게 자랑질 중이다

운명 같은 침묵이
물어볼 것들이 많은가 보다
갓 잡은 번뇌처럼 입질을 한다
가슴들은 바쁘기만 하다

깊어진 마음속
두레박 우물 마르듯이
연일 이어지는 줄다리기로
주인 없는 법륜 여행을 떠난다

붓질이 마르면
가증스러운 빨랫줄에 거짓말을 말려
너나 나나 하늘을 걸쳐 입고
새파란 하늘을 훔쳐 간다

# 하루 운명 또 하루 숙명

살아가는 숙명을
운명으로 덮어씌우면 되는 건가
시간의 세월들이 낙타의 눈물에 갇혀
허우적대는 자유를 알기나 하는지
깊어진 인연을 통째로 삼키는 중인가 보다

기나긴 시간을 먹고 사는 새날들이
오면서 놓고 가는 가슴 언저리
여운의 침묵을 잊어버리면
하얀 달이 불타오르는 별꽃들로
지난 기억을 태우는 중이다

하늘 같은 구름이
땅 같은 물결로 파도를 치면
알 수 없는 상처들이 가슴을 밀쳐내는 눈물인가
하루 중 반나절이 그런가 보다

수성이 보는 앞에서
토성아 열려라
목성은 화답하고
어제와 다른 오늘 그 길은
꽃비처럼 삶을 적시는 축복이런가

제목 : 하루 운명 또 하루 숙명
시낭송 : 박영애
스마트폰으로 QR 코드를 스캔하면
시낭송을 감상하실 수 있습니다

# 상주

상주는 우는 게 아니라
곡을 해야 하는 거라고 호통치듯
처마 밑에서 가슴들이 줄을 서서
시린 마음이 튕겨 나가고 있다

잠시 맡겨둔 상처 같은 내일을
예쁘게 포장하여
수취인 없는 주소로 뽐내고
기약 없는 하루 울게 하지 마세요

집 밖 사람들처럼
서성이는 기억 언저리
낯선 반가움에 웃고 있는 시간은
바쁘게 달아나고 있다

상처를 꾸미는 사랑 디자이너
사랑 반 상처 반이 어떠냐고
인생을 저울질한다
가슴이 닮은 사람들 오후 시간을 재촉한다

허수아비 태양은 졸고 있고
해가 떨어지기 전에
집에서 가정으로
생명들의 향연은 시작되고 있다

# 반복된 자유

세상을 걷다가
또다시 만나는 반복된 자유
삶이 지나가는 길에서 그냥 서 있다

흔적이 쌓이고
상처가 무너져
역주행하는 시간

눈 감아도 알고 싶은 이유
반복되는 현실을 열어젖히면
아무 일도 없는 것처럼 말이 없다

어디서부터 나인 것인지
분수에 어울리는 선택들이
기다리고 있을까

# 내일의 기억

오늘이 가는 거야
내 탓은 아니야
이렇게 필요한 것들은 어디에 있는 건지

우린 모두 다 잊었어
믿는 것들이 그냥 떠나가는 거야
또 다른 그림자를 밟고 있지

마냥 웃어주는 내일의 표정
불안하기도 해
가슴 한편 외로운 기억

내 안에 있어
내일의 기억
나 같은 기억들 보고 싶은걸

# 생은 삶으로 산다

자유를 속이지 말고
그 기억에서 진리를 찾으세요
몸뚱아리를 위한 것 말고
영혼을 위한 철학을 만나세요

살기 위한 수단을 아는 것처럼
죽기 위한 진실을 간직하세요
건강하기 위해 운동하지 말고
자존심을 지키기 위한 운동을 하세요

생명의 고귀함을 만나면
새로운 영혼을 소유하는
또 다른 나를 만나게 되는 것입니다
인생과 삶을 갖다고 말하지 마세요

생명을 살고 있는지
나 같은 삶의 노예인지
구속된 나의 마음을
나에게 물어보세요

주어진 시간을 만나지 말고
만들어진 시간 속에서
엊어버린 자유를 꿈꾸세요
사는 것은 시간도 시절도 아닙니다

생은 삶 같은 모습으로
기억되어야 합니다
나를 닮은 생은
삶으로 살아가야 합니다

새벽을 깨우는 건 아침이 아니에요
현실인 것들이 생존을 위한
욕망을 위해
포장된 쓰레기를 만들어
현실에 상납하고 있는 중입니다

가슴에 고인 눈물
상처로 현실을 맞바꾼 날
모든 날 나만의 얼굴
생으로 살고 삶처럼 살고 있습니다

# 허물

마지막 고독은 사랑
헛웃음 가득한 들판 언저리
희망을 품고 복을 거둔다

한잔 술 침묵으로 대신하면
밥상에 오른 가슴
뜨거운 입술은 부르트고 있다

허물을 벗으면
시간은 시절을 꾸짖고
남은 사랑 부스러기 불시착

서로가 필요한
뜨거운 차를 머금은 태양
외출 시간 이 길어진다

# 사랑이 누운 자리

눈물에 취한 아침
떨어진 별들은 내 소리였나
초라하게 아픈 고독

고통의 목발 발걸음 몸짓
까만 그림자 하얀 그리움
지나온 시간이 떠나간다

무릎 시린 마루 향 내음
기둥 벽을 닮은 한숨
매일 여기서 아침 바람이 분다

가슴 품에 안겨
빈 시간 심장이 타오르면
사랑이 누운 자리 무겁기만 하다

또다시 시작되는 어떤 사랑
나를 속이는 바보처럼
왜 아니라고 말하지 못하는지

## 인생사냥

전깃줄에 매달린 채
팔리기만 기다리는
달 하나 별 둘 어둠 같은 태양

전봇대를 매달리는 현실
삶을 닮은 외로움 미련 후회
시간 지옥으로 떨어지는 시절

어두운 밤 캄캄한 전봇줄
부둥켜안은 사람 냄새 걸어놓고
자유를 떠나려 한다

오늘을 찾겠다고
덫 줄에 걸린 아침이 발버둥 친다
시간이 살아가는 소리에 현실은 흩어진다

# 무혈 조

하나가 되어
내가 검이듯이
검날이 나인 듯

검선을 원에 가두면
놓은 순간
시작은 끝이다

태양 심장을 깨우면서
일렁이는 바람처럼
돌아보지 않는다

무심을 외면하여
혈조 마지막 손길은
이 바람 고요 소리만 대신한다

# 저녁 퇴근

사랑의 붓질로 가슴을 색칠하고
관객도 연습도 없는 연극 무대에
내 인생을 연출해 본다

관객 없는 내 길
돌아 봐도 보이지 않는 그 길
박수를 보내고 격려를 보내려 한다

즐거운 시간은 부끄럽게 손짓하고
낯선 시선은 웃음을 모른 채
미소를 꿈꾸게 한다

고독은 선물처럼 나를 기다리고
엇갈린 시절을 그리워하며
꽃잎 향기 머금은 그리움들이 저녁 퇴근 중이다

발길을 뒤돌려
하루하루 순간을 간직한 채
갓난쟁이 울음 곁에서 나도 운다.

# 동행 길에서

회색 하늘 붉은 굴뚝 냄새처럼
반소매 옷자락 가슴에서
여러 가닥 머리카락을 붙들어
지나치는 바람을 희롱하고 있다

힘없이 늘어진 전봇줄에
매달린 골목 연기처럼
한숨 섞인 발걸음들이
고개를 떨군다
바닥난 시간은 어쩔 줄 모르고 있다

멈칫거리는 별들은 떨어지고
손가락 사이 비집고 들어온 사랑
퇴색한 가을 신음 여전하여
슬퍼해야 하는지 울어야 할지 모르겠다

굴뚝 연기처럼 태워지는 상처들이
비릿한 기억들로 파닥거린다
모래사막 파도 소리
잊어버린 것처럼 모른 척
하면 되는 걸까

아궁이 사랑 불꽃 사그라지면
연기는 보이지 않고
하려 했던 말 가슴에 삼킨 마음
불타는 소리만 남아있으려나

## 꽃신 마실

어제보단 가까운 오늘처럼
지금을 자유와 결혼하듯이
누굴 찾으려 입술을 삐죽거리나
봄꽃 삼키듯 눈이 부십니다

삶의 저울질
사랑이 삶을 알아줄까요
슬픈 울음 달랠 순 없어도
생일처럼 사랑하려 합니다

빈 옷걸이 벗어버린 가슴
나의 것을 되찾으려
반지 낀 손가락 깨물고
백지장 홑이불을 끌어당겨 봅니다

시간도 시절처럼
은하수 가는 길 시간에 물어
온 가슴 햇살을 안고
사랑 구경 꽃신 마실 나가려 합니다

먼발치 속 타는 그리움은
하루 한나절을 채우지 못하지만
상처로 얼룩진 그림 걸지 말고
마냥 기다려주면 좋겠습니다.

# 사춘기 탄생

어떻게 해요
요즘 사랑 소리도 삼켜야 하고
살기 위한 몸부림은 무섭게 인상 쓰면서
돈 걱정하는데 현실은 외면합니다

이어지는 인연들이
반항하는 소리로 반복 또 반복 저울질입니다
울지 마 포기하지 마! 말 같은 말들처럼
평생 기억되는 세상을 체험한다

보기만 하는 오늘은
보이지도 않고 찾아오지도 않는다.
숨 막히는 삶 나 혼자 팽개치고
시간으로 시절과 싸우고 있다

말로만 울지 말자
작은 사랑도 사랑이다
시린 고통도 힘든 연민이다
어떤 것도 값싼 구걸로 갖지 말자

# 창밖 커튼 빗장

한참을 그 자리에서
머물러야만 했습니다

창밖 이야기들이
그리움처럼 커튼을 드리우고 있습니다

차라리 그날을 모르는 게
좋았을 겁니다

바라보는 시선이
빗물처럼 흐르는 눈물 소리에 가려져 보이질 않습니다

별 밤이 지나치고
시간의 무게로 주눅이 들어
가슴은 숨이 차 상처 하나
기억들은 미로 같기만 합니다

책장을 넘기는 소리는
앞가슴을 풀어 젖힙니다

창문을 닫고
마음을 잠그는 빗장 소리는
여기저기로 사랑을 끌고 다닙니다

# 사랑 컴 온

눈 코 입으로 만들어진 시간처럼
현실 속에서 가슴을 뛰게 하는
자유
감미롭게 인생을 찾는다

지금 사랑을 만나러 간다
맛으로 느낌으로 뜨거운 현실로
삶을 밟고 지나친다

눈사람 눈물처럼
인생 시간을 갖는 시간이지만
마네킹 체취로 꿈을 그린다

가슴 시리고 깊어진 그리움은
아이 러브 유
밤새도록 사랑같이 심장이 뛴다.

# 세월의 무게

세월의 무게를
내 이름 석 자에 올려놓고서
흥이 달아오른 붉은 노을이 자극적이다

걸음 따라 욕망을 옮기면
들리지 않아 보이지 않는
시간에 중독되어 너를 묶어놓으려 한다

미워하기 싫어요
술 취한 삶에 시절을 잊어버리면
살았던 주소 속 사람들을 찾을 수 있으려나

# 사랑 쉼표

한없이 그리운 가슴이 속상하지만
그렇게 시간을 만나고
우윳빛 사랑에 빠져든다

눈물이 미끄러지면서 찾아든
사랑하면서도 끝이 없는 사랑
여정의 쉼표를 찾는다

지어낸 동화에 온몸을 맡기고
깊어진 꿈에서 깨어나야지
아쉬운 촉감은 피부를 스친다

세상으로
시간을 맞서면
시절은 가슴을 잊어버리나 보다

# 창조

숨겨놓은 말
알려지지 않은 이야기
선과 악이 사는 마을이다

바뀐 세상
오늘 만들어진 느낌일 거야
내가 살기 위한 마법을 써야 한다

환상과 마주치는 거칠어진 호흡
첫 번째 막장 위기
가만히 있지 않으면 안 된다

지켜온 것이 있었나
지나친 자유로 지치게 하는 것들
시간이 시절을 모른다

# 생존

어린 날 목구멍을 훔치던 그 맛들이
시간을 받아들이고 나누는 시절
등지고 누운 하늘 피난처

그로부터 여전히 하루를 오른다
얼음장 같은 고독
사랑처럼 할 일을 꿈꾼다

어떤 때에는 얼굴을 가리고
가슴을 숨기면
심장이 아파오고 지쳐 간다

다시 살아가면서 살아야 한다
내가 사는 터전 위에 나를 표시하면
반복은 생존을 먹고 산다

# 광란의 설야

하얀 비단 하늘땅 누운 잠자리에
눈 떨어지는 냄새가 진동한다
아낙 아궁이 시커먼 눈물 토하면
심장 태우는 소리가 겨울을 훔치는 중이다

고독한 산자락 호랑이 한겨울
얼어붙은 입 언저리 비밀 자국처럼
흩날리는 인연들이 뒤엉키고 있다
세상을 삼키는 부끄러움이다

하얀 살 찢기는 태초 냄새
나무토막 부러지는 소리로 대신하면
까마귀 울음 황량한 짚단
바보 같은 걸음걸이 집을 잃었다

눈꽃을 쪼아대는 업장 탓이다
목련 향기 꽃잎 궤도 탈출하듯
하늘 번개 치면 둥근달 천 등 소리
온 세상 하얀 만장 가득하기만 하다.

# 미리 보는 시간

번잡한 아침 가슴 언저리에
서성거리는 시간을 불태우면
늘 그러하듯이 감추어진 마음은 어수선하다

적당히 잘 모르겠다
또다시 흥분된 아수라장
허사가 되는 시절의 뒤편 기억들

세상 사는 차이가
조마조마한 가슴이다.
미리 보는 시간 같을 순 없다

높이 나는 하늘
폭넓은 진통
보이지 않는 하루가 늑장을 부린다.

# 러빙유

울 수 있어
웃을 수도 있지

하지만 감사해

슬프고
가슴이 아프지만

그것들을 느낄 수 있어서
그냥 좋아

꿈도 꾸고
희망의 고난도 알았을 때

내 곁에 머무른 사랑
또 다른 영원한 사랑인 것 같아

# 오늘 환생

잠자리 말미
진리와 감성은 오늘도 싸우고 있겠지
그 찌꺼기로 아침을 깨운다

온갖 물상들이 깨어나면
대문을 열어젖히고
자유 길로 나서려 한다.

가슴에 담아 놓은 시절들이
자연의 집 한 채를 짓고
지쳐가는 말들을 가두려 한다

지난날은 이제야 알겠습니다
입 밖에서 머무르는 어미 소리
오랜 시간 속에 묶어놓은 눈물인가 봅니다

# 가면 축제

현실을 깨우는 생명 꽃들이
잃어버린 얼굴처럼
치마 주름살을 두드려

붉은 향기 가면 뒤에 숨어
세상 사람들과 통정을 나눈다

가슴 고독 흙밭 길에서
잃어버린 시간처럼
모란꽃 잎 향기에 취하면

사람 마음보다 독한 독으로
사랑과 침묵을 앞세우고
산과 강을 뒤집어쓴 자유를 태운다

기나긴 장대 나팔을 불면
현실은 튀어 올라
한낮 태양 와인 그림자를 마신다

끝나지 않은 가면 축제
아직도 하얀 달을 훔치는 중이다

# 먼 훗날

논리정연하게 절제된 시간표처럼
꽃피우는 시절

꽃잎 떨치는 숙명
향기 흩날리는 시간
어찌 그리할 수 있을까

푸른 하늘가
날이 선 파도 싸움

말하면서 듣고
현실 뱃사공 한자락 가락 소리
그렇게 울어 대면 부끄러운 미소는
가쁜 숨을 몰아쉰다

세상 진리 장단에
자연은 만발하고

시절은 색동옷을 걸쳐 입으면서
먼 훗날이 더해지면
지금도 나중도 그렇게 기억하고 있으려나

# 아이 엠 데스

얼굴을 감싸 안고
도드라진 입술 사이 앓는 소리는 나 같은 내 이름

사랑에 찔린 상처로
붉은 장미 꽃잎 지면
두 눈 멀어 눈물을 볼 수가 없지

당연한 듯이 지나치는
사랑에 멍든 가슴
아이 엠 데스 i'm death

어차피 다시 시작은
저린 가슴 숨결이 튕겨 나가면
이제 와서 야 바보처럼 웃어본다

# 처음이야

우산도 없이 비도 내리는데
침묵을 토하면서 이슬 내리듯
메마르게 죽은 나무가 운다
이게 무엇일까?
독을 마시듯 숨을 고른다

우연히 해가 떠오르면
막다른 길로 뛰어가는 모습이
힐끔거리면서 떠나간다
이런 것을 설명하면 미친 짓일 거야
기나긴 하품은 지루하기만 하다

시간이 흐르는 향기에
연민은 고독에 젖어 들고
내가 쓰던 가면들이
별 사랑보다 예쁜 눈물 상처 속에서
도망치기 바쁘다

자유 이불을 뒤집어쓰고
구겨진 한복 옷고름 외침으로
손 떨린 가슴이 구역질한다
그 기억으로 살아가는
그 사람 울음소리는 처음이야.

# 변색

손가락 사이 비집고 뛰어 들어온
조그마한 가슴 하나
구겨진 종이 한 장 속내

변색한 낙엽 외침
보듬을 순 없지만
굵어진 빗소리가 발걸음만
재촉한다

가슴 언저리 사다리를 올라
마주 보며 웃는 그 날을 찾아내면
알 것 같은 기억을 만난다

초하루 보름
사람 냄새 하얀 웃음이
남겨진 시간을 뒤적거린다.

# 검 성

붉은 선혈의 검심을 닦는다
주홍빛 사랑을 담아
하늘 끝 손 떨림으로
시간을 가로막고
시린 가슴을 내려놓는다

나를 보는 내 본심은
무심 같은 침묵
검 끝에 걸린 초승달 하나
바람 가르는 저 향기 속
시간 한가운데에 나는 서 있다

하얗게 닳고 흰
검날을 삼킨다
붉은 용광로 애처로운 눈물
이 시간 속에서
그 가슴을 품고 있다

# 슬픈 낮달

한여름 거친 숨소리를
아직도 놓지 못한 채
시월 하늘을 마중하는
파란 구름이 애간장을 태운다

그리운 날
정겨운 님 눈망울 같은 웃음이
어여쁜 눈 맞춤은 유혹질이다
오늘 같은 심장이 쪼그라든다

하얀 산 그림자만큼이나
지난 그리움에
멍들어진
슬픈 낮달은 별을 꿈꾼다.

# 헛웃음

퇴색해져버린
대청마루 틈 사이 빗소리가
메마른 잔기침처럼
내 눈물 속으로 기어오르고 있다

살갖 끈적거림처럼
하얀 시간 속에서
나뭇잎 바람은 나를 훔쳐 간다
움츠린 따스함처럼

오늘이 나를 묶고
내가 나를 버리면
마음 떠난 시간은 모른 체하며
말 없는 웃음소리만 보인다

## 푸른 꿈

쑥스러운 속살을 벗겨내니
어린애 웃음이 설렘을 좇아온다
끝없이 곤두박질하는 심장

소박하게 꿈꾸는 자유
신비의 환희에 팔아먹은
푸른 꿈을 마주한다

앞서지 않는 평화
웃음길에서 만난 꿈꾸는 사랑
기대되는 인연입니다

# 홀로 아리랑

발자국 흩어지는 소리
골목길 심장 입 맞추는 소리
기다리는 대문이 밉다

아직도 끝나지 않은 술래잡기
달콤한 시간을 약속하고
늦지 않게 숨어야지

커튼을 가두고 세월을 열어젖히면 자유 날개를 입고
거북이 하늘을 날아오를 수 있겠지

# 연심

낡은 마룻바닥
흙먼지 뒤집어쓴 연심이
풍금 소리 따라 눈시울 적시면
하얀 광목 홑이불의 하얀 고백

깊은 샘 흙탕물 냄새처럼 다가서는 속살이 보인다
이방인의 수줍은 갈등들이
다시 찾은 인연인가 봅니다

낯선 풍경 냄새
어찌하면 찾을까요
서러운 그 가슴들을 말입니다
아무래도 지금 은 아닌가 봅니다

# 나 같은 만남

그렇듯 꽃잎이 떨어지면
그대 같은 추억들이
개울가 징검다리 건너듯
춤추는 미련들이 밀려든다

기다리면 되지
어색한 이유를 찾지 말고
그냥 그렇게 돌아오면 되지
돌아오는 모습을 기다릴게

나 같은 만남
사랑처럼 시작되는 기다림
한나절 중턱에 걸린 사랑 같은 자유
일기장 맨 끝 희미해진 침묵이런가

# 삶이라는 말

있는 것도 없는 것도 아닌 것들
삶이란 말은 만들어낸 말이지
필요한 것은 아니었다

마음의 구멍을 뚫어놓고
양심의 잣대로 웃어보면
행복 날개로 날 수 있으려나

더욱이 어두워지는 시간
아무것도 보이지 않는 입소리가
끝없이 이어지는 광활한 미움이다

어디선가 들어본 듯한 감성
집안이던 집 밖이던 소리치는 삶
내가 그것들을 모르겠다

# 세간살이

붉은 노을 속 조각배
비바람 노를 저어
달빛 사랑 비단길을 찍어낸다

사흘 밤낮 거짓말처럼
무작정 찾는 서낭당 불빛
회색 잿빛 커튼을 드리운다

문 밀어젖히면
책 태우는 소리가 무어라 할까
세간살이 숨어 살 수 있으려나

세상 한 귀퉁이
열반 뒤처리
처마 끝 기왓장 소리만 들린다.

# 분기점

가을 불태우는 붉은색 저고리
속 쓰린 서운함은
단풍 노래처럼 옷매무새를 추켜세운다

추락된 그리움으로
세 봄을 사고 팔고
여린 마음 불태우는 석등 홍조

산자락 풍류
빗줄기로 몰고 온 숨 가쁜 내일
입술을 깨물어 본다

가슴을 여미면 풀 수 없는 시간
하나둘 비켜서서 배웅하는 분기점
이별 연습은 서투르기만 하다

# 사랑 장가

사랑
사랑이 슬픈가요
내가 사랑을 힘들게 한 건가요

누군가를 힘들게 하나 봐요
아프게 눈물을 훔치는 시간
그 시간을 아프게 하나 봐요

내가 사랑한 사랑
봄 같은 향기처럼
사랑 꽃을 피우고 싶어요

# 가을 도둑

별밤 초저녁에 취해
헝클어진 발자국 초라하게
지독한 고독 냄새로 비틀거리면

다정한 상처 향기 새하얀 천사
내 품에 쓰러져
연민은 운명을 껴안고 있습니다

사랑은
사랑이 정하는 자유인가 봅니다
사람이 정하는 것은 아닌가 봅니다

가느다란 낙엽 신음
떨리는 숨결 위에 누워
가을을 지나치는 슬픔은 아직도 수다 중입니다

# 색동저고리

그럴 수도 있겠지만
지금 생각일 거야

그냥 밟히는 수줍은 가을 때문에
길을 걸을 수가 없지

시끄럽게 싸우는 낙엽들 소리에
잠을 설쳐대면

질퍽거리는 커피 냄새 때문에
벌렁거리는 심장 소리는 죽어가고

색동저고리 걸친 시간에
꽃 떨어진 옷고름만 적셔지고 있었다

# 시간으로 토해내는 숙명

시간을 입고 세월을 먹는다
기쁘게 행복한 스타일로
내 몸에 맞춘 유행을 삼키는 중이다

독백 같은 말투로
과거의 기억들은 화장을 시키고
시간으로 토해내는 시절들

숙명 같은 그리움은
사는 것처럼
사는 것을 알게 될까

나를 살게 하는 것들은
괜스레 갑자기
울기도 하면서 예뻐지는 중이다

# 고통의 품격

아~아
무쇠를 달군 향기처럼 뜨겁다
절망의 순간도 과정일 뿐
한발 늦어도 지금이다

오늘 소리
바람 소리
나 같은 소리
소리 길에서 만난 고통의 시간

출렁이는 하늘빛
수줍은 상처들이 미소를 짓는다
별빛들이 노래하는 사랑놀이
정열처럼 예쁘고 곱다

# 목욕재계

두 손에 빛나는 오늘을 움켜쥐고
튕기는 인생 물방울처럼
세숫대야에서 세수를 한다
나도 몰래 삶의 문을 열어본다

세상을 머금은 황동 세숫대야
기분 좋은 순결한 거짓말
기억 속 하나의 속삭임으로
사람처럼 떨리는 한숨을 움켜쥔다

시절을 떠올리는 세상 뒷모습에서
지나친 하루는 자유품에 안겨
시간으로 오늘을 씻어내고 있다
언제나처럼 내일을 기다리면서

# 내팽개쳐진 삶

편견을 따라서 걷다 보면
오늘을 팔아먹은 삶들이
사랑을 담은 꽃바구니에 가득하다 새로움은 부담이 없다

놀아나 보자
맞춤 인생으로 주어진 삶을
푸른 샴페인으로 파도를 때린다
숨을 쉬는 이유처럼 사는 것이겠지

시간을 삼키면 어떨까
집에서도 그대 같은 현실에서도
감추고 싶은 자유를 숨기고
마음의 옷을 벗고 있는 중이다

# 산다는 것은

사람들이
그냥 말을 하지만
나는 상처가 될 때도 있습니다

가슴 시린 아픔도
무슨 말이라도
나와 같이 살아가기 때문입니다

산다는 것은
상처처럼
아픈 것이 더 큰가 봅니다

# 가슴 시린 오후

나는 얼마나
나쁜 사람인지 모릅니다

수고했어요
고마워요
감사해요

사랑하는 사람에게
이런 말을 하면
안 되는 줄 알았습니다

타인들에겐 잘도 말하면서
나만을 위해 살아가는 사람에겐
그렇게 하지 못했습니다

함께 하는 사람이 행복한 게 행복이라는 걸
이제서야 알았습니다

# 돌아오는 길

발끝에 차이는 깡통 소리처럼
긴바늘 짧은 바늘 초침들이 시간의 흔적을 갉아먹고 있다

네모난 연민처럼 둥그런 굴레를 굴린다
공 굴리는 골목길에서 만난 웃음들은
닫힌 대문을 탈출하고 있다

어떤 날
북소리 진군을 외치면
내가 나를 출전시켜야 합니다

상처를 꿰매는 바늘의 무게처럼
이 길에서 나에게로
돌아오는 길은 행복할 겁니다

# 타향 손님

철없는 갓난쟁이 어리광들
숨어 사는 산속에서
손님은 살 수 없는 타향살이

달빛 무덤들이 깔깔대는
혼유석 뒤끝 박수 소리
법륜 구르는 시간 소리로 옷을 벗는다

허름한 양심으로 보쌈한 가슴
손가락 불태우는 무지는 눈물짓고
촛농 향수 농염한 교태로 꿈을 꾼다

헐벗은 산 가장자리에서
가슴은 울고 상처도 숨겨주면서
세상들이 손님 노릇만 한다

# 무제한 사기죄

핏발 서린 가슴을 두 눈에 묶어두고
거짓말처럼 사기 치는 입맞춤
밖으로 나도는 죽음의 외박들
빨간 혓바닥 긴 밤을 이루고 꿈을 꾼다

숲속에 산을 가두어놓고
보일 수 없는 웃음을 갈아입고 벗어낸다
화려한 거짓 옷으로 화장을 하고
배고픈 유혹처럼 사랑을 훔친다

한 손에는 쓰러져 가는 오늘
그 옆엔 세상 부서져 가는 노래 연극 무대 못 박는 구속
신호등 없는 무제한 질주
앵두 같은 입술로 박수를 친다

내가 무엇을 본 걸까
달콤한 키스 아님 뱀 혓바닥
아직도 꿈꾸는가
넓디 떫은 눈물 바닥에서 울음이 울고 있다

# 상처 미인

거짓말처럼 아플 만큼 아팠었지
그때처럼 이젠 다 끝났다고 생각했는데
또다시 아파지는 건 왜일까

지레짐작 만으로
화려한 향기를 감춘다고 말하지 마!
이유 없는 미련만 좇아온다

세상을 넘나들던 아쉬움이여
세상 미인을 노래하라
왜냐고 묻지 말고

시간을 이탈하면
새로움을 벗어나면
그 지옥도 천국도 내 것이거늘

# 질투심

산허리 토막 붉은 치마를 입고
구름들은 춤을 춘다
질투심은 하늘 바람을 닮은 것처럼
손바닥을 기어 다닌다

달 휘영청 휘청거리던 날
질퍽거리는 황톳길에
굵은 거미줄로 가슴을 묶어
이리저리로 패대기친다

혀 꼬부라진 소리로
비위 상한 혓바닥 놀림은 신이 나서
멋들어지게 현실을 토해내고
흐트러진 시절을 주워 담고 있다

쉿
아무 소리도 내지 말아요
더는 변명은 하지 말아 줘요
난 알아요 알고 있었거든요

# 사람 맛

빗소리를 닮은 님의 모습
지나치는 발걸음 소리는 님의 소리
세상과 현실이 뒤엉킨 입술은
무엇들을 찾는 거야

피할 수 없는 시절
사랑쟁이 파티에 초대할까
멀미 나는 현실들이
바닷가 모래알들을 부화시키는 중이다

그렇게 다들 한다길래
사람들의 간을 본다
처음처럼 설레는 맛일까
그 맛처럼 오늘을 살게 해 주려나

# 독 오른 땅꾼

속살이 환히 들여다보인다
기어오르고 머무른 자리
잡으려면 부서지고
어김없이 다시 찾아오는 후회

목을 축이면서
뒤엉킨 안타까움을 기다려본다
혹시 어긋난 숙명은 아닐까
독 오른 뱀처럼 땅꾼을 떨쳐내지 못한다

고독을 벗어난 껍질 흔적
지나치는 시절들이 당황스러운가 보다
걱정은 앞서고 다그친다
시작부터 헐떡임처럼

시야를 가린 축축한 바람은
내가 선택한 작은 시절 속에서
독을 버무린 커피 소리들이
혓바닥을 날름거리고 있다

# 붉은 장화

질퍽거리는 황톳길에
붉은 장화는 춤을 추고 있다
종일토록 바람을 쫓고 있는 중이다

맨 처음 가슴은 나비 너울거림에
헐떡이는 혼을 팔고 있다
이슬 내리는 소리에 날개는 젖어
고요한 자유를 떠나보낸다

아픈 기억들이 나를 초대한다
지독한 고독을 주는 마음들
함께하는 말들이 기억을 삼키고 있다
커지면서 작아지는 시간들처럼

# 미련의 끝

가을 끝 겨울 눈물처럼
다시 부르고 또 부르는 시절
너는 알고 있겠지
시린 가슴 뜨겁게 갈 곳을 찾는다

다정하게 못난 사랑
그리움이 나를 지켜줄까요
미련의 끝에서
슬프게 아픈 눈물의 바람이 분다

쏟아져 내리는 빗줄기 고독
내가 몰랐던 그때의 빗소리
시간 저편의
기억이 흘러내리는 눈물의 강

처음 달이 떠오르면
침묵이 마르기 전에
물그림자 수궁 구경을 떠나야지 웃음 반 미소를 지어야지

# 변명

우리 시작해요
부드러운 입술 얇은 떨림
여린 가슴 조금만 조금씩
지금부터 해봐요

어떻게 해요
선홍빛 그리움
미소를 섞어 입맞춤을 해요
천천히 서두르지 말고

예쁜 마음
환희의 시간으로 초대해 줘요
언제라도 좋아요
귀여운 변명처럼 믿어줄게요

# 난파선

하얗고 푸른 물소리 따라
바다처럼 예쁜 나비가
꽃잎을 떨치듯 춤을 춘다

별빛이 그리운 파도는
시린 가슴 엮은 사다리를 타고
하늘을 훔치고 있나 보다

푸른 카펫
사랑 냄새 밟을 즈음
검붉은 그림자 모래알을 세고 있다

주인 없는 심장 소리의 고독
불러줄 이름 없는 독백
상처만 가슴처럼 타오르는 이름들

바다가 걷는 길에
무인도 그림자는 침묵을 연모하고
사랑은 아직도 오지 않았나 보다

# 취향

그대 닮은 시련 향기
저 꽃잎 바람이 되어
그대 곁을 함께한다

가슴에 서린 눈물 뒤에
시간 같은 시절이 되어
선택한 그리움으로 머물게요

바람 끝에 맺힌 마음을
시린 가지 끝자락이
마지막이라 한다

침묵의 유혹이 열리던 날
갈대 춤을 추는 구속의 자유
흩날리는 선율은 파도를 친다

누군가는 여전히 죽어가면서
거짓말처럼 살아가고 있다
이것도 취향이려나

# 홑 디딤 삶

이것이 내 마음인지 몰랐다
그렇게 홑 디딤 길인 것을
시간을 훔치는 나만의 자유

태양을 마주치는 아침이 낯설다 현실이 탄생하는 시절
가슴에 담아 마음에 보내본다

또 다른 그 시작 침묵
자유를 꿈꾸는 평화
미련이 지나치고 눈물은 시작이다.

지금 같은 망설임
문고리 하루 한나절
나 같은 홑디딤으로 살아보는 거다

# 시판 분꽃 화장

검푸른 바람
태양빛 눈물을 감추고
떨어트린 가슴 주워 담을 수 없어
달빛 술잔 주인을 찾는다

일렁이는 비단결 그리움
야윈 손끝으로
사모곡 분칠을 하고
흩날리는 눈물 애절함을 뒤섞는다

큰기침 시절을 불러 세월을 물으면
낮달에 쫓긴 해 질 녘 붉은 치마
헐떡이는 소리 버선발은 춤을 춘다
낯선 발길 머무름 떠날 줄 모른다

둥근 태양 앞세우고
가슴 한복판 초상화 숨결 가로질러
지금을 사랑하면
또다시 시판 분꽃 화장할 수 있으려나

# 푸닥거리

태양 같은 상처를 팔아야겠다
다음 장날엔 손해 보더라도
누구에게나 팔아야겠다

빙하처럼 뜨거운 심장이
특별한 푸닥거리를 한다네요
시커멓게 불탄 색동옷을 입고서요

혀 꼬부라진 가슴으로
벅차게 하늘을 밀어 올린다
마른 입술도 한꺼번에 팔아야지

저녁 바람 속에서 흐려진 달빛
자유를 팔아 불탄 사랑 씨 종자 불을 지펴야지
오늘 장날은 잘 섰을까

눈물로 붙들어 맨 왼손 매듭
퇴색한 대들보 무게처럼
사랑을 태운 잿더미는 가벼워진다.

# 당신이 사는 소리

그날 손 없는 날 수줍은 햇살처럼
나를 감싸주는 이쁜 꽃길
시끄러운 별빛들의 이야기처럼
걱정하고 염려하는 사랑이
겹겹이 쌓여만 갑니다

싱그러운 아침 냄새처럼
고독한 독백을 섞은 사랑
그날 지금처럼 뜨거운 희생
당신이 사는 소리
오늘 그 소리로 지금을 채운다

가시 찔림처럼
아픈 심장을 적시는 깊은 한숨
어린아이 칭얼거림
빈 골방 두런두런하는 소리
손톱 깨무는 시간이 시절을 더한다

하늘 천사 날갯짓 춤
꽃비 내리는 미소
사랑의 소리로 아침을 배웅하고
저녁을 맞이한다
오늘도 당신이 사는 소리로 은총을 먹고 산다

제목 : 당신이 사는 소리
시낭송 : 박영애
스마트폰으로 QR 코드를 스캔하면
시낭송을 감상할 수 있습니다

# 사랑을 화장하는 중

아이처럼 멀리서 보세요
그래야 됩니다
둘이 사랑했는데
혼자 사랑하는 것을 알면 안 돼요

그렇게 시간이 지나갈 거예요
숨길 수 없는 가파른 심장 여정
힘든 것들이 쫓아오면서
바뀐 게 없는데 변했다고 소리친다

사랑 그릇에 눈물을 주워 담고
색시처럼 이쁘게 빗질을 해요
사랑을 화장시키는 중입니다
이 시대 감정을 살아야 하니까요

내 삶과 닮은 길이 보고 싶어진다
먼 길도 아니고
더욱이 가까운 길도 아닙니다
이 길은 색시 길이기도 합니다

# 쌩까는 현실

파도를 숨기는 바다 미소는
허리춤 끈 조이듯이 울고 있다
사랑을 도둑질한 상처 자국처럼

하늘을 숨기듯 벌거벗는 태양
길 잃은 구둣발 떠드는 소리처럼
하얀 머릿속을 휘젓고 있다

어둠을 집어삼키는 별빛
생선가시 목에 걸려 케켁거리고
현실을 찾는 오늘이 퉁명스럽기만 하다

잘 났다고 아부 떨며
상처를 들춰내는 보름달
삼라만상 깨우는 소리에 기가 질린다

# 스무 살쯤

예쁜 눈이 툭툭 입맞춤을 한다
심장이 문을 열어주려나
그렇게 현실이 길을 떠난다

별빛 사이 쪽달 그리움에
꼬마 사랑을 뺏긴 스무 살쯤
목탄 가슴 슬픔이 떨어진다

한계라는 말이 세상처럼 슬퍼서
애절한 기도는 마음이 아프다
함께한 눈물들을 껴안아 본다

멈추면 뛰어야지
속 태운 오늘을 감추어 놓고서
아침을 찾고 스무 살을 기억한다.

# 또다시 끝

대지 끝 가슴 길
또다시 말하는 것이 자유이다

다시 꿈을 향한다
미련 끝 또 다른 하늘 세상을 본다

맞닿은 끝
시작되는 설렘이면 되는 거지

사방 마지막이던
오색 끝이던지 살아있는 삶이다

사람 끝 바다 위
낯선 인연은 또다시 소리친다

# 길어진 하루

오늘은 빨간색으로 묶어놓고
자유는 가슴으로 품고 싶다
다음날은 보름달과 함께할 거다

말이 없는 시간을 기다리면
사람들이 입싸움 한다고 바쁘다
하얀 심장들은 기도 중이다

숨기지는 말아야지
사랑도 같이하고
지금도 함께해야지

내가 아는 오늘도
시간에 기대어 사는 현실도
모두가 다 살아있기 때문이다

적막을 울리는 기침 장단
눈물방울처럼 구경나간다
길어진 하루 사진을 찍어야겠다.

제목 : 길어진 하루
시낭송 : 박영애
스마트폰으로 QR 코드를 스캔하면
시낭송을 감상할 수 있습니다

# 인생 모퉁이

인생을 모르니까 시간도 그 자리
그리움은 여전한데
돌아서는 발걸음 찾을 수가 없다

햇볕은 따스한데 바람은 차다
모퉁이 돌아서서 머문 시간
사랑 같은 사람이 배웅한다

오늘을 산다
인생 밭을 가꾸며 산다
바라보고 꿈꾸며 삶을 수확한다

그대가 좋아하는 어떤 날
모퉁이 돌아 꿈꾸는 색깔처럼
사랑을 그리는 중이다

# 사랑 적기

헝클어진 실타래처럼
오늘이 처음이라서
낯설고 서투르게
시간처럼 흔들리는 영혼의 사랑

두 얼굴 하나로 포개지면
사랑 하나로 붙잡을 수 있으려나
못난 그리움 남겨놓으면
사랑길 다시 오려나

뜀박질하는 심장 한쪽
햇빛 달궈진 눈물 소리로
하루 한날 사랑 페이지를 넘긴다
비라도 내리면 좋을 것을

가슴이 시려서
사랑이 슬픔처럼 추운 날
맞잡은 손길 손가락 사이 그리움만 쌓여가고 있다

오늘에 기대어
내 자리에서 혼자 웃는 미소
식어버린 태양빛 만날 수 없고
아프게 들리는 울음을 감춘다.

# 외로운 거짓말

가슴에 기대어
벌거벗은 기억을 욕해도
눈물은 말 없이 슬퍼진다

외로운 거짓말
소리치는 시간을 비웃기만 한다
사람 울음소리가 들리지 않는다

자유 같은 현실은
인간처럼 집을 찾고
산자의 깊은 생각을 찾고 있습니다

깊어지는 윤회를 갈망하고
시간처럼 사람을 바라본다
거기에서도 거기처럼 그렇게 산다

# 신의 몸뚱아리

가슴소리 요동치던 어떤 날
깊은 바다 어둑하게 서린 한처럼
달빛 사랑 피어난 꽃밭
햇빛 머금은 붉은 심장 꽃이
피어나고 있었다

들리는 소리 고요하거늘
현란하게 부딪치는 몸짓은
감당하기 어렵다
이런 날은 어디서 왔을까
내일 또다시 볼 수 있으려나

신의 감동이시여
언제부터인가 시작된 변명
그냥 그렇게 묶어놓고
시간도 시절도 붉은 오색실로
꿰차고 머리를 조아리면 안 될까

눈으로 감춘 사랑
가슴으로 흘리던 눈물
상처로 추억되는 그리움
낙인처럼 기억된 길들임
하늘 꽃밭 테두리 오색실을 친다.

# 하루 문턱

오늘 하루에게 물어본다
마음 가는 것처럼
시절 속 시간 따라
현실같이 살았을까

아침처럼 눈을 뜨고
생활처럼 시간을 잊어버린다
좋은 기쁨들은 감사함을 외면한다
저녁나절 초승달은 무어라 말할까

같이 함께 산 하루
나처럼 살았을까
천국처럼 들리는 소리는 있었을까?
새벽녘 설렘을 놓치지는 않았는지

오늘 하루 문턱에서 드리어진
내 그림자
잊어버려서 슬픈 눈물
무명 속옷 단추 채우듯 하루를 채운다.

# 노지 난장판

입소리를 담을 수 있는 그릇
말소리를 가둘 수 있는 악기
노지 흙들은 바람처럼
소리를 외쳐대고 있다

마음을 삼키는 심장은
꿈을 키우는 희망인가 보다
살아가면서 지켜보는 기도
남겨놓은 사랑이 아픕니다

처음이지만 서툴지 않은 시절
울음소리 새벽이슬처럼
같이 사랑하고
귀하게 미소를 지어본다

시간들이 바빠진 자유
모자란 자랑은 수줍기만 하다
흙냄새 짙어질 때
생명의 난장판을 초대한다.

# 당신의 이름표

그땐 몰랐어요
어두운 밤 늦은 자장가를
고운 눈 당신의 젊은 미소를
내 발자국을 닮은 엄마의 소리
듣고 싶습니다

기나긴 여정
당신의 메마른 기침 소리
서럽게 복받치는 눈물
힘든 걸음으로 묻어놓고 돌아서는
당신을 붙들고 싶습니다

당신의 이름표
나는 없고 너만 있는 한숨
피눈물로 묶인 옷고름
슬프고 시리게 추운 뒷모습
그땐 몰랐어요
당신이란 것을요

혼자라는 이름으로 남겨진 당신
슬픔이 고여 아픔이 더해집니다
살면서 살아가면서
그땐 왜 몰랐을까요
정말 바보처럼 그땐 몰랐어요

제목 : 당신의 이름표
시낭송 : 박영애
스마트폰으로 QR 코드를 스캔하면
시낭송을 감상할 수 있습니다

# 사랑보다 앞선 눈물

사랑을 저만치 앞세워놓고
사랑보다 앞선 후회
뒤늦은 아픔은 시립기만 하다

하루 한나절 목이 탄다
아픈 자국 선명하여
메마른 잔기침 가슴을 짓누른다

가슴 반 아픔 반
고개 떨군 멍든 가슴
혼자 사랑으로 현실의 삶을 산다

나 같은 시절
사랑보다 앞선 눈물
예쁜 색 그리움이 먼저 찾아온다

# 시린 숨결

별 하늘 내 마음 보듯이
고운 눈물을 보았어요
오래도록 그렇게 바라보았어요

조금만 사랑할 것을
이유 없는 그리움처럼
다시 올 꿈을 기다려

시간에서 스치는 가파른 숨결
멀리 떠남을 환호하는 시린 사랑
하루하루 보고 싶진 않아

오늘 끝자락 한쪽 내가 있어
지난날은 시작처럼 꽃을 불러 향기에 취한다

# 연인

오늘도 어제처럼 와본 것 같은 시간
후회로 멈추어진 자유
드러나지 않는 시련들이 웃고 있다
다음 무대 준비는 하고 있는지

아마도 내가 나를 모르나 보다
사랑 뜨락에서 아픔의 눈물로
이별을 싹 틔우고 있었던 것을
고독처럼 커지고 있었다

적막한 그리움은 잠들어가고
푸른 하늘 붉은빛 사라져
독한 술잔 알코올 냄새
함께하는 시간을 불태우고 있다

사랑 또다시 사랑을 섞고 있다
꽃들의 시련 나비 모습처럼
나는 사랑을 춤추는 나비
한번 두 번 또 그렇게 힘겨워지겠지만 또 그렇게 말이다

사랑이 아픈 그 이름
사랑 또다시 사랑이 울고 있다
콧방귀 비웃음으로 마주하며
이름 없는 사랑을 부르고 있다

# 기억 저편 시간들

눈 깔면서 얼굴을 붉히고
풍뎅이 목처럼 고개를 숙이면
현실들이 보이지 않을까
꽁꽁 숨은 한숨들이 삐져나온다

퇴색한 자유
검은색 줄무늬 구속
바람처럼 소리치면
갈바람 같은 미소가 그려지려나

그리움을 찾아야 하는 나는 술래
목소리를 붙잡고
사랑을 잃어버려도
다시 또 시작하는 술래잡기

사는 동안
속 아픈 상처 자국처럼
쓸쓸한 오늘이기도 한 가슴들
그저 찾아 나서야지 기억 저편 시간들

# 인생 선물

정신을 못 차리겠다
기분이 나쁘면 미쳐 가는 건지
옛날에서 도망쳐야겠다
신발 꾸겨 신고서 말이지

특별한 공간에서
인생 시간 행복인 거지
이빨 드러내고 활짝 웃으면서
천사같이 날아가야지

천국을 선물받았어
잠깐 모여봐
나비 날개로 꽃향기를 물어오고
사랑 잡기 술래놀이하지

내 인생을 하늘에 묶어놓고
무엇을 얻고 잃었을까
지난 시간을 잃고
나의 사랑 같은 천국을 얻었다

# 나중 나이

어처구니없지만
되게 어렵다
묻는 말이 황당하지

사랑은 누구를 위한 것일까
정답은 없는 것일 거야
막막한 어떤 날은 슬프면 기쁘지

지금 나이
나중 나이에도 번뇌일까
나를 사랑해야 하는 나이인가

처음처럼 사랑하고
이른 새벽이 좋은 시간
소중한 영혼으로 사랑을 말한다.

# 코 묻은 신음

도시 한낮 거리에서
거울 속 그대 가슴 아픔과 시련
밤새운 마음까지도
코 묻은 손수건으로 닦아내야지

꽃 같은 아스팔트 타르 냄새
회색 주름치마 시선들
허공처럼 부푼 가난한 속마음
종이컵 커피처럼 마셔댄다

켜지고 꺼지는 라이트
별빛이 쫓겨난다
눈빛은 애처롭게 신음을 한다
새벽이슬은 또 슬프게 울고 있나 보다

벌겋게 달아오른 아침
말소리 세상 소리 난장판 오늘
내 삶도 아니고 누구의 시간도 아니다
사람처럼 현실을 만난 것뿐이다

# 또 후회

가시나무 옷을 입고
마른 가지 고독을 삼키며
다시 볼 수 없는 슬픔은
세상 한구석에서 입 맞추고 있다

붉은 창가에서 멀어지는 후회
그리움처럼 미소를 지어야지
찔레꽃 칭얼거림을 하얗게 보내고
가득 찬 기억을 찾는다

살면서 죽는 현실
추억이 지나가고 상처가 멈춘다
보고 싶은 걸 어떡해
머무르면서 지나치는 사랑들을

# 입술 이별

파르르 떨고 있는 입술
초승달이 민망하다
어두운 밤은 절박하다
춤추는 몸뚱아리 우울하기만 하다

내 얼굴을 감추는 미련
기다리면 좋아할까요
놀라는 삶이 좋아
심장이 쿵쿵 장난이 아니다

백조 날개 위에서 춤추는 바이올린
근사한 감정에 발맞추면서
차오른 숨 내뱉어 버리고
정해지지 않은 이별 그때 하면 되지

# 나의 집

힘든 하루의 끝이 시작되면
시집·장가 가듯이 속 태우는 집
산마루 고통 걸치는 욕심 날개
어린 가슴 철이 없다

지금껏 힘든 만큼
잇몸 드러내놓고 환하게 웃는다
알 수 없는 것들도 덩달아 웃으면
좋아요 좋아졌을 거예요

후끈거리는 삶
붉은 태양 엄마처럼
빨간 심장 우리 집에 초대해야지
토선생 지혜가 살아 숨 쉬는 여기에

시작을 선물하고
기적을 꿈꾸게 하면 감사한 일이지
사랑 샘물 솟아나게 하는 여기에
이곳을 찾아오는 이유이다

# 가락지

언약처럼 약조하세요
하얀 손길로 자유를 꼭 잡고
우리 집에서 만나기로 해요
고운 미소 이쁜 손길처럼요

휘영청 달빛 사랑 삼아
두근거리는 심장 들키지 않게
그리움을 붉은 연정으로 보쌈할까
내 마음 감추어 놓고서 말이다

하늘 가락지 태양을 불사르고
벗어놓은 신발 주인을 기다리면
부딪치는 발걸음 소리
서러움은 별빛에 녹아내릴 거예요

부서지는 가슴이 운다
꽃잎 매력에 팔려 가는 영혼들
더 늦기 전에 사랑해야지
누구 것도 아닌 내 사랑

# 윤회 철학

이치는 소리치지 않아
진리는 원망을 모르지
철학은 흉내를 내지 않는 거야

듣지 않고 들리는 것을 보는 거지
말과 소리를 모르는 법륜 사랑
시간을 알려고 하지 않는 철학

들려서 아는 것은 장사인 걸
눈으로 보이는 말
가슴으로 들리는 자유로 살아야지

어미 사랑 소리 나지 않고
연인 사랑 기쁨인 걸
윤회 같은 하늘 평화입니다

# 하루 시계

어쩌다 웃기도 하지만
힘들어서 울기도 해
살면서 소리치는 애원들이
살다가 지친 하루를 또 만난다

숙명 같은 윤회 함께한 현실 저편
시린 가슴 불타던 날
하루 한나절 슬퍼지고
한마디 말도 할 수 없었던  날

슬프게 힘든 시간
아프고 지치면
너와 내가 맞잡은 손 따스함으로
아픈 가슴 달래 주면 안 될까

살면서 살아지겠지
살다가 지친 오늘
흐르는 눈물로 초라함을 지워내고
시린 달빛으로 이쁜 오늘을 어루만진다.

# 사람 장터

어떤 날이던가
가식적인 사람 장터에서
집 잃은 자유를 빌려왔다
일상생활에서 사용하기로 했다

나를 향해 달려오는 평화
엉망이 되어버린 삶의 뒤안길
모든 게 웃기는 몸짓들
이젠 멋스럽게 꾸미기도 해야 한다

눈물비 적셔진 일상들
만만하게 얕잡아보고 걷다 보면
이중적인 사람들을 만난다
그게 누가 됐든지 말이다

# 무지개

무엇들이
나를 이렇게 지독하게 만들었을까
시간을 잃어버린 시절들이
아님. 특별한 윤회인가 보다

초조한 시작은 컴백홈
야윈 모습이 얄밉다
쉬는 음악이 힘들게 하면서
삼색 무지개를 안고 달린다

지금 가야 한다
숨 쉬는 발걸음 지칠 줄 모르게
지독함이 소리치고 있다
안 보이는 것을 보이게 하는 것이라고

# 온종일 유혹

그 먼 날 추억 시간에 빠지면
너를 보고 아파하면서
속상하고 마음 시리게
온종일 시작되는 사랑

손가락 사이로 빠져나가는 시절
스치는 흔적 만질 수 없어
알 수 없는 고독을 껴안고
미련의 끝에서 너를 찾는다

부질없이 서투른 세상을 살지만
눈으로 보이지 않는 약속들
가슴이 슬퍼서 만질 수 없는 윤회
나를 맴도는 보이지 않는 그리움

만날 수 없는 하루하루들
숙명으로 끈적이는 고독에 묶여
부서지는 피아노 건반 소리
붙잡는 건 그 마음 손길인 것을

지금처럼 나를 위한 눈길로
너를 위한 가슴으로
사랑은 추억 시간처럼
온종일 너에게 돌아가는 중이야!

# 봄꽃은 여우 불

해마다 쌓아놓은 이엉 사랑처럼
하늘땅 분칠하고
쑥 먹는 곰이 새집을 짓는다
기분 좋게 이쁘다

때가 되었으니 와야지
안 오면 밉다
사랑을 품고 사는 재미
사는 만큼 사랑을 업고 다닌다

시절 세월 지팡이를 짚고
허리 숙인 하루가 깊어진다
봄 불처럼 사랑은 여우짓을 떨고 있다. 나는 미쳐 가는 중이고

가슴에 불 지르는 봄 불
아침 낮에도 달빛 저녁에도
봄꽃이 여기서 저기서 꺼지지 않는다
시간이 지쳐 사랑이 아파죽겠다

# 시간이 떠나가도

시간이 떠나가도
홀로 피운 사랑
늦은 겨울밤 살얼음 울음소리는
도둑 발걸음을 그리움처럼 기다리는 건

처음일 거예요
흔들리는 하루가 서툴기만 해요
이럴 거면 지난날을 모른 척할 것을
차가운 기억들이 오늘만큼은 따스하면 좋겠다

지금 이대로
그대처럼 말할게요
한 번 더 다시 한번만
더는 못 견디는 사랑이라고요

착하고 잘생긴 하루도 아니다
견딜 수 없게 힘들어하는 현실
철없는 사랑은 짧기만 하다
아침을 만나 사랑을 팔아야겠다

쪽빛 감동들이 어색한 몸짓으로
지나치는 시간을 모른척해도
서로 다른 침묵 같은 그대
지울 수 없는 흔적처럼 나를 부여잡고 있다

## 나를 닮은 천국

화가 난 풍경소리에 화들짝 놀라
잠을 깨우고 입술을 훔치는 바람
사랑을 애무해 주는 감미로운 햇빛
고운 새 노래로 이불을 덮고
달빛 자장가로 고독을 훔친다

푸르던 냄새 꽃향기 색깔로
내 꿈을 그린다. 춤추는 바람
옷 벗는 태양 속삭이는 별빛
달빛에 가린 그리움
사랑은 말이 없고 좋아 죽는다

지금 같은 시간 내가 아는 시절
보지 않아도 너를 알아
꽃잎아 향기야
꽃비처럼 춤추는 오늘
그리움을 기다리는
너와 함께하는 거야

자유 같은 시간은
시절을 그리워하는 연민처럼
갓난아이 칭얼거림으로
어미의 젖무덤 같은 사랑
진 자리를 모르는 애정

퍼덕이는 날갯짓 비에 적셔놓고
평화처럼 어둠 같은 이불을 덮는다
별 하나 달빛 마차를 끌어안고
은하수를 건너
북두성 연정의 늪에 빠져든다

봄처럼 살고 여름처럼 사랑하며
가을처럼 휴식을 취하면서
겨울 안에서 생명을 흠모합니다
지금 그냥 소리 내어 울고 싶은 날
나를 닮은 천국입니다

제목 : 나를 닮은 천국
시낭송 : 박영애
스마트폰으로 QR 코드를 스캔하면
시낭송을 감상할 수 있습니다

133

# 익숙해진 정분

다음날 하늘바다는 떠나고
남겨진 햇살 조각으로
마음속 거울에 빠진
가슴에 남은 사람
의문은 나를 질문하게 한다

우리가 사랑하는 윤회
너와 나를 함께 묶어놓고
오랜 기다림으로 발길을 움켜쥔다
손을 잡은 손을 떠나지 않을 겁니다
익숙해진 정 버릴 순 없습니다

갈바람 같은 소리는
새벽녘 산을 넘어 바다를 본다
바보 같은 펜촉은
종일토록 싸움을 거는 중입니다
지금도 수많은 생각만 만나고 있습니다

# 힘들게 사는 건 알면서

힘들게 사는 건 알면서
기쁜 행복을 가질 줄은 몰라

나를 버릴 줄 알면서
버린 나를 찾아오지는 않지요

나는 여기 있는데
그래서 힘들게 사는 겁니다

내가 나를 슬프게 하는 거지
그 누구 짓도 아닙니다

# 사랑 커튼

낮달이 나뭇가지에 찔려
눈물 대신 저녁 이슬로
아침 눈을 비비고 있습니다

늦은 아침 창문 커튼을 걷고
꽃향기 드리워진 사랑길
나와 너는 이 길에 서 있습니다

아침 낮달 소리에
신경을 곤두세우면서
현실 소리에 발길을 재촉합니다

나와 함께하는 나는
나처럼 오늘의 시절을 갖고서 살고 있습니다

# 사람처럼 사는 의 식 주

안 이 비 설 신 의
의(허상)로 숨을 쉬고

색 성 향 미 촉 법
식(욕심)으로 영위하고

오욕 칠정
주(쾌락)로 시간 속에서 갇혀 산다

마주친 자유
사랑에서 헤어나지 못하는 말들로
사는 것처럼
죽어가는 시절을 꿈꾸게 한다

# 사랑이 숨은 정원

내가 나를 닮아서
아침 낮빛 얼굴 숨소리 향기처럼
감미로운 바람 이야기를 엿들으며
대지의 흙이 홀라당 옷을 벗는다

둘만 아는 이 하늘 밑
아무도 모르는 사랑이 숨은 정원
별들은 파랗게 울고
새벽녘 그리움은 설렌다

나 같은 자유의 정원
태양은 춤을 추고
축제에 빠져든 사랑의 정원
현실이 대신할 수 없어요

자유의 꽃을 산다
이처럼 뜨거운 가슴은 버린다
비우고 버려도
다시 피어나는 사랑의 정원

# 현실을 껴안은 인연

바다는 허물을 덮고
산들은 자비를 품는다
가슴은 기쁨을 노래합니다
눈물은 적셔진 사랑을 봅니다

나만을 알고 있는 영혼 소리
슬픔 같은 외로움은
나에게 어울리지 않습니다
미움과 현실은 한 패거리인 것을

달빛 여린 하얀 연민
서로가 필요한 건
너와 나의 인연을 보듬어주기 위함입니다
예전에 없었던 심장 소리까지도
말입니다

# 단옷날 사랑 구애

한 땀 한 땀 바늘땀 명주실처럼
오늘의 사랑이
현실처럼 내일은 고단하지만
멈추어진 발걸음 소리로
외롭고 흔들리는 사랑을 말해요

둥근달 이야기로
사랑을 듣게 하면
좋아하는 그 임 볼 수 있으려나
마음의 빗장을 풀고
외로움을 사랑해 줘요

만개한 꽃 따라 나비 너울춤
제멋대로 붉은 향 내음
한밤중 물소리 뒤척임에
고운 임 숨소리
내일이면 같이 하겠지요

# 몸부림치는 삶

음악의 자유로움처럼
음률의 날갯짓처럼
내 영혼은 숨죽이며
고운 미소의 삶을 틔운다
풍요로운 가을 소리처럼

알지만
모르고 있는 그림자 같은 열망
찾으며 몸부림치는 삶
침묵은 말이 없고
나는 말을 하고

가슴을 훑어 내려가는 마음
생각이 나를 붙들고
기억이 가로막고
두 무릎 사이 눈물 속 그림자
후회는 사간을 비웃고 있다

있는 곳에서 바라보고
같이 함께하고
부족한 것은 알지 말고
그냥 좋아서 좋은
가슴이 다가와
지금 같은 오늘을 주소서

# 사랑아 부탁해

웃을 수 있어 좋은 날들
오늘이 그렇고
내일이 그럴 테죠
좋은 시간 머무름은
기쁨입니다

그런 사랑
커피 맛으로 대신하는
오를 사랑입니다
분주한 시간들이 손짓하는 오늘
그저 사랑입니다

나 같은 옷을 입고
나 같이 웃고
나처럼 기쁘고 좋은 내 사랑으로 오늘과 함께하는
자유스러움입니다

# 내가 나에게

내가 나에게 말을 합니다
잘하고 있다고 수고했다고
오늘도 힘들었지
이렇게 말할 거예요

어색하고 부끄럽지만
세상에 없는 나에게 필요한 말을
해야 합니다 나는 최고라고
나를 사랑하고 아껴줄 거예요

내가 나를 꿈꾸고
위로하고 행복할 거예요
나를 위한 사랑은
그 무엇과도 견줄 수 없는
최고의 가치입니다

나를 알게 해주는 현실과
나를 있게 해주는 오늘의 시간과
나를 보게 해주는 용기처럼
그 사랑으로 나를 채우게 하소서

# 홀로서기

새벽이 오는 소리에
아침은 놀라 뒷걸음치고
어리숙한 현실은
당연하게 낮달을 삼킨다

지금 이 현실의 시련을
온전한 사랑으로 거두어 주소서
기쁜 감사로 함께하여
시련을 벗어버리는 위안을 주소서

볼 때마다 용솟음치는 심장소리로
나를 우뚝 서게 하소서
나의 기쁨이 희망을 품어
행복의 자유를 꽉 채우게 하소서

내가 나를 찾는 지금
내가 있는 이곳을
붉은 태양의 희망이라고
알게 하여 가슴 벅찬 새로움을 주소서

깜짝 놀란 기쁨의 시련들
내가 시련의 노리개인지
미련이 나를 춤추게 하는 건지
두 눈 부릅뜨고 지켜보면서
오고 가는 현실의 시간을
만지작거리고 있는 중입니다

# 행복의 옷을 입고

저 파란 하늘과 입 맞추며
상큼한 꿈을 껴안고 떨어지는
별빛으로 사랑을 나누며
마음을 열어 떠오르는 희망과
기쁨의 향기를 마십니다

웃어주고 바라보아 주며
예뻐해 주는 오늘 하루가 기쁩니다
오늘 하루를 사랑합니다
그 속에서 희망을 가집니다
이 가슴 듬뿍 가득히

얼굴을 스치는 고운 바람에
할 말이 있습니다
그냥 지나치지 마세요
기쁜 소리 들려주고 감미로운 속삭임으로
내일의 오늘도 보게 해주세요

# 어떤 변명들

이름 없는 꽃이 아니라
꽃 이름들을 모릅니다
그리곤
아무렇지 않게 일부러 살아간다

난 좋은 게 좋은 게 아니다
그냥 나오는 한숨
변명의 순간들이다
대신 잘하려고 합니다

그냥 기대고프다
못 믿고 도망만 치려고 합니다
어떻게 알았을까
진심을 깨닫고 두려움을 버린다

시작처럼 어려운 것이다
맘 약한 걱정으로 말하며 삽니다
저기요
잠 못 드는 사랑으로 말
건네본다

# 슬퍼서 화가 나

요즘 같은 날
모두가 가능한 우리의 기다림
좋은 날만 사랑합니다

철 이른 빗소리
솔바람 어두움은 무심하기만 하다
오색실 언약은 애가 타는 눈물

시간을 잊어버리니
세월이 가는 길을 막는다
거울 속 가슴은 타고 있는데

슬퍼서 화가 납니다
철없는 오늘이 그렇고
시간도 아닌 시절이 그렇고요

# 밤마실

잘못된 잊음은 짝사랑처럼
거짓같이 비굴한 죄악입니다
더 많은 세상사 살아봐야 알려나

오래간만에 접하는 눈길
말들은 사라지고
슬픈 음악은 제자리로 돌아간다

우리 오늘 밤마실 어때
당신은 내 몫으로
나는 당신 몫으로 말이지요

가슴에 눈물을 버린다
사람이 가슴을 버리고 있습니다
한밤중에 울지 못하는 사람도 있습니다

내가 무얼 안다고
나도 그렇게 사는 마실길입니다
그렇지 이젠 인생 둥지를 틀어야지

# 부담감

좋아서 웃어야 되는데
그럴 필요가 없는 것을
생각만 많아지고 어색하기만 하다
기대처럼 상관없는 자유인가요

누군가에 맞추어야 하는 박수 소리
마지막 순서 기다림의 초조함
나에게 입 맞추는 시절들

일단은 다음으로 미루어 볼 거나
끝까지 가는 부담으로
아직도 알지 못하는 철없는 그리움
흐린 저녁 내음 발밑에 깔아뭉개고 있다

# 벌거벗은 상처

눈물로 보는 눈초리
남들처럼 그저 그렇게
맑은 하늘이 지루하기만 하다

그럴듯한 말 사랑합니다
출렁이는 달그림자
새로운 심장을 멈추게 하려 합니다

반복되는 고뇌의 고백
이 바람 고요 소리 기대한 것처럼
오늘도 난 나를 벌거벗기고 있습니다

벌거벗은 상처 아니래도
끝도 없이 지워지지 않는 눈물 언약은 살아가고 있습니다

# 탯줄

사랑 같은 자유를 마시고
왔다가는 봄날에 큰 절을 한다
꽃단장한 이 기분
이쁜 배꼽이 너무 예쁘다

힘들고 무거운 하늘
난 너를 칭찬해 배꼽 같은 모정
따스한 볕이 잘 드는 하늘
이 시간을 보태고 더한다

덜 살아본 세상
부럽지 않은 인생 파티장
당신 같은 나를 초대해주세요
이 동네 주인이고 싶습니다

철없는 시간은 깊어만 가고
그래서 철없는 내가 울 수 있다
멋지게 부러운 오늘
나밖에 없는 건 왜일까

# 그 나물에 그 밥

저고리 단추 끼워 맞추듯
커피 한 잔에 시간을 마신다
자존심 앞세우고
뒷줄엔 술잔을 채운다

변명 같은 향은 피어나고
차라리 웃지나 말지
무거운 침묵은 연락이 없다
아무도 모르는 진실

맨날 어디를 가야 하는 이유
웃기는 현실로 짜증이 난다
화가 나고 실망하고 속상하다
어쩌다 보니 시절이 미쳐 가는 것인가 보다

그 나물에 그 밥처럼
숨이 막히는 현실이다
난 내 노릇을 하고 싶다
그래서 오늘에 미안하기만 하다

지금처럼
우리가 모두 하는 이야기들
내 것만은 아닌 것 같은 아우성
지금도 뛰는 가슴 없이 현실만 두근거린다.

# 멍텅구리 진실

안도 보이고
밖도 보고 사는데
멍텅구리인 나는 없습니다
민망한 변명만 오늘을 대신한다

며칠이 지나쳐 곱디고운 여행
가슴 뜨락에서 모두를 보면서 믿는 약속을 마주합니다
후회 없는 양심만 노출이 심하다

우리 시절들은 햇빛처럼
자유는 사랑처럼
함께 같이하는 기나긴 쉼
겉보다 속이 따사롭습니다

혼자 앉아있은 시간처럼
다시 한번 오늘을 바라본다
아까와는 다르게
나도 모르는 웃음을 부둥켜안는다

# 어쩌다가

별 비 쏟아지는 날
보름달 우산을 쓰고
현실 집 담벼락에서 깊은숨을 몰아쉰다
생긴 그대로 살아야 하는 한숨 그런 거 말이다

부모는 자식을 모른다
지옥문을 열고 있는 것을
보이는 것이 전부인 것처럼
세상에서 제일 화려한 변명으로
사랑한다고 말하려 든다

알 수 없는 믿음
응어리진 가슴 그림자
그냥이 만들어낸 오만의 시간
오래된 미움이 회장을 하기 시작한다
지울 수 없는 자유의 구속으로

가슴은 생각을 버리고
현실은 시간을 삼키고
찾아드는 무지는 어리석어
기쁨 같은 행복을 모르는
추억은 화가 난 웃음으로 또다시 지나친다.

# 가슴을 팔아야 하나

아무리 취해도
아름다움으로 대신할 수 없는
엄마의 혀 차는 소리

세상 물정을 몰라도
끼어들 수 없는
비굴한 한숨은 시간을 조롱한다

저 하늘은
아무렇게나 널브러져 있다
평온한 햇살에 깔린 채 말이다

나를 어떻게 묶어 놓을까
아니면 구속 같은 자유로
가슴을 팔아야 하나?

# 행복 나라 사랑 바이러스

지금도 마주하는 그 세상
미래의 시간 새로운 오늘
현실의 꽃 희망이라는 바이러스
오늘 주인공인 당신에게 드릴게요

나만의 우주선에 꿈을 껴안고
미래의 세계로 떠나려 합니다 좋아하는 사람들
행복한 친구들과 함께
희망의 여정을 떠납니다

외롭고 힘든 시간 좌절 슬픔 고통의 아픔들은
삶의 활력소로 움켜쥐고
기쁜 날 환희의 세계로
은하철도를 타고 떠나겠습니다

마음속 꿈나라에서
손 없는 날 길일을 잡아
이사했습니다
힘들고 불행했던 그 세간들
모두 다 버리고요

사랑과 즐거움만 넘치는
시간으로 꽉 채웠습니다
새로운 꿈과 희망으로 함께하는
당신은 가장 귀한 사람입니다

# 인생은 일대일

힘들지만 괜찮다
이쁜 웃음으로 대신합니다
세상을 만드는 사람들이 있습니다
힘든 하루가 나를 존재하게 한다

힘든 것도 일
보람도 일
인생은 일대일의 진리이다
이 철학은 나에게 자유를 줍니다

내 인생을 존중한다
시절이 지나도 걱정할 일이 없다
오늘은 문제가 없기 때문입니다
인생을 꿈꾸는 삶이 힘든 만큼 가치가 살아있기 때문입니다

사람과 나
새살림을 차렸다
사랑과 행복 일대일 인생은
나 같은 진정한 삶을 꿈꾸고 있다

# 미안해지는 상처들

한 개에 하나 더해서 하나가 되려면
반반씩은 버려야 한다는데
불편하게 앞선 욕심 때문에
나 자신은 설 자리가 없네

애매한 말들
이 이야기 저 이야기
미안해서 자꾸만 아파지는 상처들
나만 볼 수 없는 이기적인 감정

부서지는 마음 상처 조각들
엉뚱한 곳 휑한 바람 썰렁하고
가는 발걸음 멈출 수 없어
문 앞 대문을 열 수가 없다

내가 주인인 것을
낯선 현실이 미안하고 슬프다
나 같은 오늘을 위로하고 싶다
끊임없이 잘못된 다짐들

아무것도 할 수 없이 지켜만 보는
눈물 같은 오늘에 미안하다
낯설은 시간 미운 기억 가슴 상처들
지나치는 바람은 알려나

# 추억

그대여
내가 사랑하는 사람아
그대와 둘이서 사랑하는 그리움
사랑 향기는 봄비처럼 흩날리고
함께 둘이서 추억을 깨문다

사랑의 갈림길에서 꿈을 꾸는 시간
우리 같은 사랑들
소리로 들을 수 없는 사랑
끈적이는 사랑이 고요해
질퍽이는 포옹은 순간적인 입맞춤

오래전부터 사랑하는 내 모습
더는 숨길 수 없어
숨 가쁘게 다가서는 뜨거운 입김
터질듯한 내 심장
이 사랑을 오늘과 바꿀 순 없다

사랑의 시작인 추억
추억에 물어본다
햇살 같은 현실의 감정에서
다시 시작하는 사랑이
봄 향기처럼 추억을 꿈꾸고 있냐고

# 마네킹의 눈물

김노경  제2시집

2022년 5월 2일 초판 1쇄
2022년 5월 4일 발행
지 은 이 : 김노경
펴 낸 이 : 김락호
디자인 편집 : 이은희
기 획 : 시사랑음악사랑
연 락 처 : 1899-1341
홈페이지 주소 : www.poemmusic.net
E-Mail : poemarts@hanmail.net

정가 : 12,000원
ISBN : 979-11-6284-356-7